J. LEDARD

PRO PATRIA

Il n'y a pas de place faible là où il y a
des gens de cœur pour la défendre.

BAYARD.

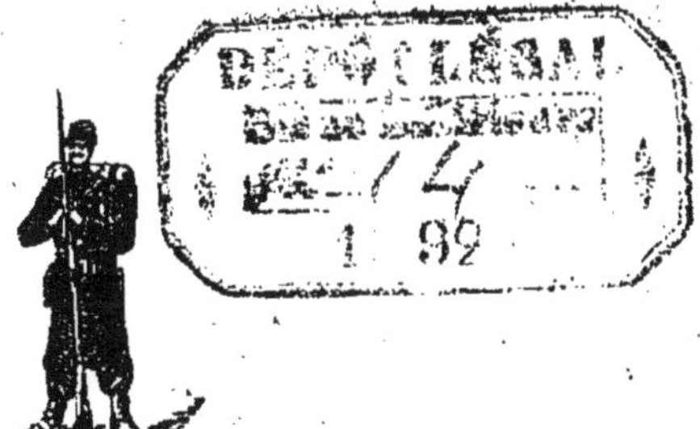

ROUEN

IMPRIMERIE E. CAGNIARD

—

1892

A

la Ligue Patriotique Rouennaise

J. LEDARD

PRO PATRIA

Il n'y a pas de place faible là où il y a
des gens de cœur pour la défendre.

BAYARD.

ROUEN

IMPRIMERIE E. CAGNIARD

1892

A Monsieur Jules Ledard, sergent de recrutement à Rouen.

Cher Monsieur,

Au nom du Comité de la Ligue Patriotique Rouennaise, je vous remercie des pages vibrantes dont vous lui faites hommage, pages dont notre sympathique et dévoué secrétaire, M. Flour, nous a communiqué le souffle patriotique en quelques lignes empreintes du jugement si net et si délicat qui lui est habituel.

Je ne puis mieux faire que de vous adresser son remarquable rapport; vous y verrez de quelle manière sont appréciés vos efforts et quel est le jugement porté sur votre œuvre utile et digne de tous les encouragements.

Veuillez, cher Monsieur, agréer l'expression de ma considération la plus distinguée,

Émile BUISSON

Président de la Ligue Patriotique Rouennaise.

Extrait du rapport de M. Flour, secrétaire, lu en séance du Comité le 5 juin 1891, sur le travail de M. Ledard.

« Messieurs et chers Collègues,

« Notre tout dévoué Président, M. Émile Buisson, m'a prié de vous présenter un rapport sur le travail de M. Ledard, et cela non-seulement pour vous en exposer succinctement le sujet, mais aussi afin de vous permettre de vous former une opinion.

« J'ai lu attentivement, très attentivement ce recueil, et je m'empresse de vous dire de suite que j'ai éprouvé un réel plaisir et une vive émotion à la lecture de ces quelques pages remplies des plus nobles sentiments de patriotisme.

« On perçoit de suite l'homme de cœur, le vrai Français patriote qui n'a eu en vue que faire chérir la Patrie et enseigner à chacun ses devoirs en face d'elle.

« Il serait désirable que ces enseignements soient comme une sorte de catéchisme civique inculqué dès le plus bas âge aux jeunes générations, entre les mains desquelles se trouveront dans l'avenir les destinées de notre belle France, et ce petit livre serait certainement aussi bien à sa place dans le pupitre de l'écolier que dans le sac du troupier...........
....

« J'ignore ce que deviendront ces pages, mais je le répète, les hauts sentiments patriotiques qui y sont exprimés doivent avoir une place dans le cœur de tout Français. Pour cela elles devraient servir de premier livre de lecture aux enfants qui commencent à épeler, et le premier mot qui devrait servir à leur début devrait être celui de leur bien-aimée Patrie.

« H. FLOUR,

« Secrétaire. »

LE SERVICE MILITAIRE

Le service militaire est ce qui forme le plus réellement et le plus complètement un homme, non pas à cause des études, des connaissances et des efforts qu'exige le service, mais parce qu'il donne tour à tour les leçons de l'obéissance et l'habitude du commandement, et fait pratiquer en même temps les vertus passives et les vertus actives. Acquérir ainsi le secret de la soumission et le secret de l'autorité, c'est tenir les deux clefs de la vie.

Vous qui, pour la première fois, franchissez le seuil de la caserne pour en faire, durant trois années, votre demeure, votre famille, cet intérieur nouveau où tout étranger devient le seul confident de vos peines comme de vos joies, voyez en ce premier pas que vous faites dans la vie, non le début d'une série d'ennuis et de réels soucis, mais au contraire une source de joies nouvelles puisées dans le bonheur du devoir accompli et dans le respectueux souvenir de ce qu'ont fait avant vous, peut-être vos frères, certainement vos aînés, vos aïeux.

Vous tous, les fils d'une même mère, la Patrie, la France, pouvez-vous ne pas l'aimer ?

Considérez-vous pour rien l'honneur de la défendre, de la protéger et de l'aider dans ses légitimes espérances ?

Enfants hier, hommes et soldats aujourd'hui, soyez demain de bons et loyaux Français.

Comme vous et avant vous, celui qui écrit ces lignes a quitté avec un vif regret le toit qui l'a vu naître, des parents bien-aimés qui ont toujours été pour lui pleins de tendre sollicitude et d'affectueux dévouement, ce qui était tout pour lui au monde, en un mot, l'unique objet de toutes ses affections. Son seul désir est, jeunes amis, de vous faire oublier les idées fausses que l'on a trop souvent des enseignements et des exemples de la caserne.

Il veut vous montrer, autant qu'il le pourra, que l'armée n'est pas, quoi qu'en aient dit certains « bilieux auteurs », un foyer de débauches et d'athéisme.

Laissez-le vous expliquer pourquoi il faut des soldats et vous faire comprendre toute la noblesse et la grandeur du métier des armes.

Quand à vos yeux il aura fait flotter l'étendard de la Patrie, vous vous rangerez tous avec enthousiasme à l'ombre du drapeau ; sans craindre la guerre, malgré ses tristes et sanglants épisodes, vous serez fiers d'être soldats de la France, et, s'il le fallait un jour, seriez heureux de verser votre sang pour la défendre.

L'éducation morale dans l'armée est devenue une nécessité plus grande que jamais. Le culte du drapeau, l'amour de la patrie, l'esprit de dévouement et de sacrifice, la confiance de l'homme et du gradé sont des facteurs aussi importants pour assurer le succès que les armes les plus perfectionnées. Aussi quand on aura développé ces sentiments dans nos établissements d'instruction, la légende, qui fait de tout officier un *Ramollot* et de tout sous-officier un être dans le genre de ceux qu'à dépeint *Decaves*, aura vécu, et les criminels qui cherchent à entretenir cette légende par la plume ou le crayon en seront pour leurs frais d'imagination et tomberont sous le poids du mépris public.

J'espère, mes chers amis, que vous ne vous ne vous arrête-
rez pas dans la contemplation de ces hideux tableaux, qui
font exception à la règle générale du patriotisme. S'ils exis-
tent, ils sont bien rares, car ce n'est pas à une époque où
l'instruction et l'intelligence sont arrivés à un si haut degré
de perfection qu'il est possible de voir et même de soupçon-
ner de pareilles lâchetés qui seraient un outrage à la Patrie
et une honte pour leurs audacieux auteurs.

LA PATRIE !

Vous étiez à peine au monde que déjà vos lèvres s'essayaient à bégayer le nom de votre mère ; le premier mot sorti de votre bouche à tous a été comme un cri de reconnaissance à celle qui nous avait portés dans son sein, enfantés, nourris, et qui vous entourait encore des soins les plus tendres.

Enfants, vous aimiez à dire et répéter souvent ce « maman » qui sonnait si doux à vos oreilles. Soldats, vous devez surtout redire avec plaisir et un légitime orgueil ce nom que l'on a donné au pays qui nous voit naître, à ce petit coin de terre dans le grand monde, à cette France où nous vivons et où ont vécu avant nous nos parents et nos ancêtres.

Il en est certainement parmi vous chez qui le mot Patrie fait naître un sentiment vague, sans application, sans emploi, un sentiment plus ou moins théorique, j'allais dire poétique. Qu'est-ce donc que la Patrie ?

N'est-ce pas déjà la famille, le foyer, le toit de chaume ou le palais qui nous ont vu grandir? N'est-ce pas aussi le département, la province, la France en un mot, tout entière? Oui, et c'est encore la société française, cette société formée par de longs siècles d'aspirations communes, de traditions héroïques et de sacrifices. C'est cette unité acceptée, voulue, consacrée par des souffrances partagées, des dévouements réciproques, l'unité cimentée par le sang et les larmes des générations : voilà la Patrie !

La Patrie n'est pas seulement la France d'aujourd'hui, c'est aussi celle du passé, et il y a quelque cent ans, un Anglais célèbre l'appela « le plus beau royaume après celui du ciel ». Le grand Frédéric de Prusse lui-même disait un jour : « Si j'avais l'honneur d'être roi de France, je ne souffrirais pas qu'un seul coup de canon soit tiré en Europe sans ma permission ». Ce trait suffit assez à prouver combien la France a toujours mérité d'être considérée comme la première des nations, et si l'étranger demande qui nous sommes, nous avons le droit de répondre avec une noble fierté : « Je suis fils de la France, élevé et nourri au berceau de la civilisation et de la gloire ! »

Ah ! la Patrie ! formule toujours vibrante au fond des nobles cœurs, source de vie de l'exilé !

La Patrie ! immense levier qui soulève contre l'oppression étrangère les peuples dignes de la liberté ; mot magique qui soutient le courage des guerriers devant la mort !

La Patrie ! parfum enivrant qui imprègne de ses suaves

senteurs les âmes généreuses et leur donne la force du plus sublime dévouement !

Malheur à la nation qui laisserait s'éteindre le feu sacré de l'amour de la Patrie.

Jeunes compagnons d'armes, qui serez peut-être appelés sur les champs de bataille, conservez religieusement les grandes traditions de la discipline et de l'amour de la Patrie qui seront votre honneur et la sécurité de la France. Que la devise de l'armée française : « Honneur et Patrie » reste gravée au fond de vos cœurs pour y soutenir votre courage devant la mort, quand arrivera le moment de la recevoir pour le salut du pays !

LE SOLDAT !

Sachant dès maintenant ce qu'est la Patrie, ayant compris toute la signification de ce mot si petit, qui cependant dit tant de choses, il semblerait inutile de nous poser cette question : A quoi servent les soldats ?

S'il nous est permis de considérer notre pays comme un trésor inappréciable, nous sommes naturellement portés à le garder avec un soin tout religieux, en lui donnant comme protection la plus grande partie de ses enfants.

Le soldat est donc appelé à défendre la Patrie contre les ennemis du dehors qui, jaloux de sa richesse et de sa grandeur, pourraient tenter de s'en rendre les maîtres ; témoins tant de faits historiques anciens, modernes ou contemporains, pris au hasard dans notre histoire comme dans celle des autres nations.

C'est ce qui me fait dire qu'à ce premier rôle le soldat doit ajouter celui d'empêcher la force de faire la loi, d'imposer la justice envers les faibles, et surtout la loyauté des serments, le respect des traités.

Pour remplir auprès de la société un rôle aussi nécessaire et d'aussi grande importance, le soldat doit faire abstraction de tout sentiment politique, et partant, n'être qu'un soldat, c'est-à-dire obéir à ses chefs sans murmure ni conteste, et si l'on me permet ce mauvais rapprochement — je ne cite ici que les paroles mêmes d'un célèbre diplomate — comme un pantin à qui l'on tire les ficelles.

Ça n'est pas tout, le soldat remplit au sein même de sa Patrie une tâche quelquefois bien pénible, mais qui n'en est pas moins impérieusement nécessaire. En effet, l'histoire prouve encore et mieux que ne peuvent le faire de spacieux arguments, l'utilité rigoureuse du métier militaire. En dire davantage serait rappeler des épisodes bien malheureux qui ont jeté un voile de tristesse sur les belles pages de notre histoire.

Le service sous les armes ne doit donc pas être une fonction pour quelques-uns, il est un devoir pour tous!

LE RÉGIMENT

La tâche que je me suis imposée, mes chers amis, est arrivée ici à sa partie la plus délicate, et, comme je vous le disais dans mon premier chapitre, je vais essayer de vous faire abandonner les idées fausses que l'on a trop souvent des enseignements et des exemples de la caserne.

Pardonnez-moi de me lancer dans des réflexions un peu trop philosophiques, je ne le fais que dans l'intérêt de la cause que j'entreprends de défendre, en trop peu de lignes il est vrai, mais assez longuement pour vous prouver que le régiment n'est pas ce qu'en ont dit certains ouvrages aussi faux qu'injurieux.

Avec le service obligatoire, le régiment est aujourd'hui une grande école où toutes les classes de la société viennent puiser, en même temps que l'instruction militaire, une éducation très précieuse formée de respect, d'austérité, de générosité et dévouement. Et c'est beaucoup que ce mélange déjà réalisé des divers éléments dont se compose la nation, que ce

rapprochement des classes et des partis sous le même uniforme, dans la même caserne, la même vie intime.

Ce contact des hommes est un des plus puissants moyens
de prévenir les dangers terribles de l'antagonisme social ;
grâce à lui la société sortira peut-être un jour transformée de
cette grande école d'autorité et d'obéissance; la discipline
militaire puisse-t-elle avoir pour heureuse conséquence la
discipline sociale !

Que voyons-nous dans la vie du soldat ? C'est-à-dire quel
est le principal caractère ? Le travail, la souffrance, même
sans arrière pensée égoïste, sans intérêt personnel, une abdi-
cation complète de la volonté, le sacrifice de la vie à chaque
instant et dans toutes ses formes. Qu'on me permette ici
d'ajouter : Autant de problèmes insolubles sans la religion.

Peut-on trouver mieux que ce dévouement plein d'abné-
gation, que cette générosité si pleine de désintéressement ?
Laissez-moi vous citer ici une page admirable d'un penseur
patriote autant que chrétien, auteur d'un petit manuel que
je voudrais voir entre vos mains :

« Avec l'armée, d'un bout du pays à l'autre, il y a solida-
« rité de gloires et de de douleurs, de secours et d'exploits.
« Du premier des généraux au dernier des soldats le même
« esprit coule dans toutes les veines militaires.

« Comment se fait-il que cinq cent mille hommes, dotés
« d'une intelligence et d'un cœur, abdiquent leur volonté,
« la remettent entre les mains d'un homme, et, soumis
« jusqu'à la mort au moindre de ses ordres, sont prêts à
« toute heure du jour et de la nuit à courir sur un mot,

18

« sur un signe, se faire tuer sous les yeux de leurs pères ou
« à mille lieues de leur berceau.

« Au régiment, les traditions d'honneur se gardent et se
« transmettent comme dans le sanctuaire du foyer.

« L'uniforme lui-même aide à resserrer les liens de pa-
« renté et porte en lui comme un parfum contagieux de
« noblesse et de courage. L'homme qui s'oublierait peut-
« être sous un habit vulgaire, se respecte sous l'habit mili-
« taire et il honore dans son épaulette et son épée les
« insignes du corps d'élite auquel il appartient. Une puis-
« sance morale vivifie, élève et ennoblit tous les moindres
« détails de la vie du soldat, et le mot d'esprit de corps
« exprime avec autant de justesse que de bonheur cette
« communauté de sentiments et de pensées qui marque tous
« ses actes et toutes ses heures.

« La fraternité n'est pas écrite dans les casernes sur les
« murs, mais elle brille sur tous les visages. Où chercher
« cette fraternité si ce n'est au feu des bivouacs. C'est là
« qu'elle a un foyer, là qu'il nous est donné de l'admirer,
« entourée de ses serviteurs et de ses œuvres. Qui ne con-
« naît cette sainte fraternité des camps qui laisse dans les
« cœurs et qui a laissé dans l'histoire de si belles et impé-
« rissables traces ».

Sans doute, parmi tant d'invidus, il est de malheureuses
et rares exceptions; il en est au régiment qui n'ont du soldat
que l'habit. Puissent-ils, au contact de leurs camarades et à
la lecture de ce petit livre, gagner peu à peu l'esprit militaire, des sentiments généreux et patriotiques !

Enfin, pour terminer cette petite étude de la vie militaire et vous faire mieux comprendre encore les services que rend à la société cette grande école, « la caserne, » j'emprunte à une plume plus autorisée que la mienne les belles lignes qui suivent. Qu'elles achèvent de défendre et de vous faire embrasser la cause que je soutiens !

« Pour accomplir sa noble mission au régiment, le soldat
« quitte le toit paternel, renonce à s'asseoir à la table de fa-
« mille, immole sa liberté, sa jeunesse, s'expose constam-
« ment aux intempéries des saisons, au froid, au vent, à la
« pluie, à la neige, aux chaleurs excessives ; se livre sans
« repos ni trève à des exercices pénibles et des marches for-
« cées ; dort au poste, sur la planche, le sabre au côté ; reste
« en faction la nuit comme le jour, par tous les temps ; s'ex-
« pose aux douleurs et aux maladies et se voue à la mort :
« voilà comment il mérite le titre si beau de protecteur et de
« sauveur de la Patrie. »

LE DRAPEAU

Il n'est pas pour le régiment de plus beau livre d'or que son drapeau ! C'est dans ses plis que sont brodés les noms des glorieux faits d'armes où se sont illustrés ses soldats, des champs de bataille où sont tombés tant de braves, victimes ignorées pour la plupart, mais non moins des héros.

Quand devant vous flottera l'étendard du régiment, saluez avec respect ce drapeau qui vit nos victoires comme nos défaites et qui suscita tant de glorieux dévouements :

I

Je te salue emblème de la France,
Noble étendard, tricolore drapeau.
Daigne le Ciel par sa toute-puissance
T'éterniser dans ton éclat si beau.

II

Drapeau béni, bannière vénérée,
Dans d'heureux jours et sous de fortes lois,
Nous avons vu, sur ta hampe dorée,
L'aigle romaine et le coq des Gaulois.

III

Honneur à toi, victorieux symbole,
Qui traversas le feu de Marengo
Et qui bravas la mitraille d'Arcole,
Dont Magenta fut le vibrant écho.

IV

Près d'Austerlitz, sous le ciel d'Allemagne,
Tu te couvris des plus brillants lauriers
Que peut offrir la plus belle campagne
Pour couronner de stoïques guerriers.

V

En Algérie, au milieu de nos frères,
Tu fus témoin de combats glorieux,
Et, tout criblé de balles meurtrières,
Tu nous montras tes lambeaux précieux.

VI

En Orient tu conduisis l'armée ;
Nos fiers soldats, après un grand succès,
Firent flotter sur la tour de Crimée
Tes trois couleurs, arc-en-ciel des Français.

VII

Puis à leur tour la Chine et la Syrie,
De nos clairons entendirent la voix ;
Dans ces climats, au nom de la Patrie,
Tu dominas pour relever la croix.

VIII

En protecteur tu parcours les deux mondes,
Brisant le joug de vingt peuples divers,
Et nos vaisseaux qui sillonnent les ondes,
Avec orgueil t'arborent sur les mers.

IX

Je te salue, emblême de la France,
Noble étendard, tricolore drapeau ;
Daigne le Ciel, par sa toute-puissance,
T'éterniser dans ton éclat si beau.

SURSUM CORDA !

Défendre la Patrie c'est protéger à la fois tous les êtres qui nous sont chers et la France que nous voulons tous voir forte et respectée. En portant les armes pour la défense de la Patrie le soldat remplit donc le devoir le plus sacré.

Mais pour vaincre il faut au soldat :

Beaucoup de moral et de dicipline. Le moral joue en effet un grand rôle dans les situations ordinaires de la vie ; sa puissance enfante les prodiges les plus extraordinaires ; à la guerre, tout plie devant lui. Quant à la discipline, c'est non seulement le palladium de la Patrie, mais encore l'intérêt du soldat sur le champ de bataille ; c'est la discipline, nous dit l'histoire, qui permit à Xénophon la retraite des dix mille, qui conduisit la petite armée d'Alexandre aux rives lointaines de l'Indus, qui, enfin, donna l'empire du monde aux aigles romaines.

Il faut encore une volonté inébranlable, une confiance illimitée dans nos chefs et en nous-mêmes, un dévouement sans bornes et un mépris constant du danger.

Cette volonté, vous l'avez tous, car la France a assez

souffert dans ses désastres, elle a été mutilée ; nous voulons qu'elle reprenne son rang, qu'elle conserve toujours son titre incontesté de reine des nations. Plus l'ennemi est sérieux, plus notre effort doit être grand. Rien, vous le savez, ne résiste à la baïonnette française ; bien souvent, à leurs dépens, l'ont appris nos adversaires, et, à nous-mêmes, l'expérience a montré que le meilleur moyen d'éviter des pertes et d'assurer le succès était de marcher en avant. Donc, en avant toujours ! en avant quand même !

Et de plus, l'armée actuelle est la meilleure, la plus instruite et la plus nombreuse que la France ait jamais possédée ; comment n'auriez-vous pas confiance dans les chefs qui vous ont conduits dans une aussi bonne voie. Cette confiance en vos chefs et en vous-mêmes est une des premières conditions du succès.

Le dévouement sans bornes et le mépris constant du danger, vous l'avez tous aussi, car c'est la marque distinctive des natures généreuses ; si donc des circonstances capitales amenaient la fraction de troupes à laquelle vous appartenez à se sacrifier dans l'intérêt de la Patrie, ce serait l'occasion de montrer toute votre ténacité, toute votre volonté, toute votre énergie. C'est dans les circonstances difficiles qu'on reconnaît le vrai courage.

Rappelez-vous le chevalier d'Assas, Cambronne à Waterloo, et les immortels cuirassiers de Reichshoffen.

N'attribuez jamais les excès de souffrance ou de fatigue à vos chefs, car, s'ils vous donnent un ordre, ce n'est pas par caprice, ce n'est pas pour leur satisfaction personnelle, c'est pour le bien du service et du pays, c'est pour vous conduire à la victoire.

Ce ne sont pas ceux qui récriminent le plus qui, sur les champs de bataille, se montrent les meilleurs soldats. La victoire n'appartient jamais aux pleurards, aux désespérés, mais bien aux soldats énergiques, aux caractères fortement trempés.

Vous voulez vaincre, vous le voulez absolument, attendez-vous donc à faire de longues et pénibles marches; ne vous plaignez jamais; supportez avec patience les privations, les petits ennuis et les vicissitudes du soldat, à la caserne comme en campagne. Mais, avant tout, ne perdez rien de votre gaieté gauloise, compagne inséparable du vrai soldat français.

Enfin, il vous faut l'espérance « ce puissant ressort mis par Dieu au cœur de l'homme pour le fortifier dans l'adversité et le rattacher à lui par un lien mystérieux et sublime », car comme dit l'auteur de touchantes élégies maternelles : le courage n'est plus où n'est plus l'espérance.

« Haut les cœurs pour la Patrie ! »

L'AVENIR

Veillez sur ce berceau, veillez, ô tendre mère !
Sur l'enfant faible encore, rayon de votre amour.
Par vos soins, qu'il devienne un homme au front austère ;
La France vous contemple, oh ! veillez nuit et jour.

Votre fils grandira : quand la voix de la guerre
Remplira les cités des appels du tambour,
Il lancera ce cri : « Je veux venger mon père !
« Mon père assassiné le soir de Wissembourg ! »

Veuve de l'officier qui vit tomber nos armes,
Quand sonnera pour vous l'heure triste des larmes,
Mère, vous comprendrez ce qu'exige l'honneur.

Mais l'espoir calmera vos mortelles tortures :
Votre fils acclamé vous reviendra vainqueur,
Et vous l'embrasserez en comptant ses blessures.

SOUVENIR DE METZ

L'EXPÉDIENT

Pour pénétrer dans Metz on cherche un émissaire.
Un soir, chez l'officier qui doit le diriger,
Lui donner la dépêche et l'argent nécessaire,
Un homme vient s'offrir pour courir le danger.

C'est un gaillard solide, à figure énergique,
Un de ces vieux soldats esclaves du devoir,
Qui trouvent que mourir pour lui n'est que logique :
Martyrs inconscients, héros sans le savoir !

« Combien, dit l'officier, demandez-vous, mon brave ?
— Rien ! — Comment, rien ? — Mais non ! je ne tiens pas
                                            [au prix !]
— Vous savez qu'après tout la tentative est grave :
Le moins que vous allez risquer, c'est d'être pris !

— Bah ! bah ! le vieux troupier n'est pas un imbécile !
En soldat allemand je me déguiserai.
— Et l'uniforme ? où donc l'avoir ? — C'est bien facile :
Si je trouve un uhlan, eh bien ! je le tuerai !

— Vous parlez allemand ? — Non ! — Alors, rien à faire :
Vous serez arrêté, questionné surtout !
— Oh ! je sais un moyen de me tirer d'affaire !
— Lequel ? — De me couper la langue : voilà tout ! »

SOUVENIR DE STRASBOURG

LA BALLE

Ce fut un si beau trait, que je ne puis le taire !
La scène s'est passée au siège de Strasbourg ;
Le héros n'en est pas un des grands de la terre,
Mais un humble bambin, un enfant du faubourg.

Il portait, vers midi, la pitance attendue
A son père, artilleur de service au rempart ;
Comme il touchait au but, une balle perdue
Lui traversa les reins presque de part en part.

L'enfant put se traîner jusqu'à notre ambulance ;
Par terre on l'étendit sur l'étroit matelas,
Nous tous, nous l'entourions, gémissant en silence ;
L'interne préparait sondes et coutelas.

L'engin de fer, trois fois, fouilla dans sa blessure ;
Et sans rien amener, trois fois il en sortit ;
Lui, ses dents sur la toile imprégnaient leur morsure ;
De son gosier pourtant, pas un cri ne partit.

Plus heureux, à la fin, la main qui le mutile
A retiré la balle et la brandit en l'air ;
Et l'enfant, à l'aspect du sanglant projectile
Se dresse, de ses yeux jaillit un fauve éclair.

Déjà l'opérateur la nettoie et l'emballe
Dans sa trousse de cuir avec ses instruments :
« Non ! non ! dit le petit ; je la veux, c'est ma balle !
« Et je la renverrai, plus tard, aux Allemands ! »

CH. GRAUSARD.
Ex-professeur de rhétorique au Lycée de Strasbourg.

LES FAUX FRANÇAIS

Celui que vous verrez, dans une folle orgie,
Vider en souriant la coupe du destin,
Puis, sur un lit moelleux, la lèvre encore rougie,
S'étendre en bénissant la vie et le destin ;

Celui que vous verrez maudire cette guerre,
Non comme le fléau de son peuple vaincu,
Mais pour avoir froissé son intérêt vulgaire,
Pour avoir amoindri son trésor d'un écu ;

Celui qui vous dira : « Tous les peuples sont frères !
« Plus de Patrie, enfin ! place à l'humanité ! »
Sans savoir qu'au milieu de vingt races contraires
La France est le lien de la fraternité ;

Celui que vous verrez, d'une main fratricide,
Arborer son drapeau de sanglante couleur
Sur une barricade, à l'heure où se décide
Le sort de son pays courbé par le malheur ;

Celui qui, se vantant de sa rancune éteinte,
Serrera dans sa main la main de l'étranger,
Sans songer seulement au sang dont elle est teinte,
Le sang de son pays, qu'elle vient d'égorger ;

Celui-là peut bien être un « aimable » convive,
Un négociant probe, ou, malgré tant d'excès,
Un candide rêveur à l'âme chaude et vive,
Mais moi je vous le dis : Ce n'est pas un Français !

CES MESSIEURS...

SONNET

Je trouve qu'ils se sont un peu vite guéris,
Ces messieurs, si fringants au temps de notre joie,
Qui, le jour où la guerre a fait de nous sa proie,
D'un mal inopiné soudain ont été pris.

Ils disaient : « Il faut vaincre, il faut vaincre à tout prix. »
Mais ils restaient cachés... Que voulez-vous ?... Le foie,
Le cœur, le bras, le pied... — S'ils veulent qu'on les croie,
Que n'ont-ils la pudeur au moins d'être maigris ?

Dès qu'il ne s'agit plus de combat, mais de fête,
Ils sortent de leurs trous et relèvent la tête.
On danse ! Ils ne sont plus malades ni lassés !

Songez, vous à qui Dieu confia des familles ;
Ces messieurs oseront vous demander vos filles.
Des infirmes ou bien des lâches : choisissez !...

1870

C'est dimanche — au début de la belle saison —
Tout est fête et gaieté ; tout verdit, chante et brille ;
Superbe et fécondant, le soleil éparpille
Ses rayons sur les prés en pleine floraison.

Or, le jeune ménage a quitté la maison
Dès le matin avec la petite famille :
Le garçon qui bientôt aura trois ans, la fille
Qui commence à tenir debout sur le gazon.

Et l'on joue à cueillir des fleurs ; on rit, on jase...
Qu'elle est douce, la vie ! — Et le père, en extase,
Croit au bonheur sur terre et bénit le bon Dieu.

Arrière la tristesse et la mélancolie !
Ses enfants sont joyeux et sa femme est jolie ;
On s'aime bien — et puis, là-haut, le ciel est bleu !

1871

C'est le même soleil, le même ciel d'été,
Versant les mêmes feux splendides. Mais la terre
Est nue, et triste, et morne, et noire, et solitaire.
Plus d'arbres, plus de fleurs, tout, tout est dévasté !

Car la guerre a passé par là, souffle empesté !
Les deux petits, sentant à travers un mystère
Le deuil planer sur eux, s'obstinent à se taire
Et marchent, se tenant par la main, sans gaieté.

Leur front a moins d'éclat et leur lèvre est moins rose,
On dirait, par moment, qu'ils cherchent quelque chose
Ou quelqu'un dont ils ont un vague souvenir.

La mère, qui n'a plus d'époux, ô sombre épreuve !
Regarde, n'osant plus songer à l'avenir :
L'un qui sera soldat, l'autre qui sera veuve !

REICHSHOFFEN

Le matin du six août, six régiments superbes,
Pleins d'ardeur, leurs chevaux piétinant dans les herbes,
Étaient massés auprès de Reichshoffen. Le vent
Était frais, le ciel clair, et le soleil levant
Brillait. Les cuirassiers étaient là quatre mille.
En selle, casque en tête, on était immobile,
Et pourtant ce n'était qu'un long frémissement
Dans l'air bleu du matin : le moindre mouvement
Des chevaux secouant leur luisante encolure,
S'ébrouant ou piaffant, pleins de verve et d'allure,
Avec un cliquetis de gourmettes et de mors,
Ou des hommes dressés de tout le haut du corps
Pour regarder au loin, s'enlevant sur leurs selles,
Faisaient jaillir soudain des milliers d'étincelles
Des cuirasses de fer, des sabres meurtriers,
Des épaulières d'or, des larges étriers,
Des casques à crinière et des mors pleins d'écume.

. . . .

. . . .
. . . .

En face d'eux, un bois se dresse dans la brume,
Et, plus avant, sur les hauteurs de Frœschviller,
Commence l'ouragan de la poudre et du fer ;
Derrière eux un ruisseau dans les herbes s'écoule.
Par moments, dans leurs rangs, un mouvement de houle
Se produit. Un obus tue hommes et coursiers;
Puis les rangs se referment et les brillants aciers
Éclatent au soleil des chaudes canicules.

. . . .
. . . .
. . . .
. . . .

Cependant, déployant cent mille tentacules,
L'hydre allemand, avec tous ses bras à la fois,
Wurtembergeois, Rhénans, Prussiens et Bavarois,
Étouffant notre armée en une lutte étroite,
Commençait à tourner déjà notre aile droite.

. . . .

Le général Michel, simplement, appela
Un trompette à cheval qu'il avait près de là
Et lui dit un seul mot. Le trompette, farouche,
Leva son instrument, l'appuya sur sa bouche,
Se tourna vers le front des escadrons de fer,
Et, comme une statue immobile dans l'air,
Ferme sur son cheval dont pas un poil ne bouge,
Le visage encadré de la crinière rouge

De son casque dont l'ombre enveloppe ses yeux,
Ainsi qu'à Jéricho, terrible et merveilleux,
De ses puissants poumons, le cavalier superbe
Fit résonner un chant grave, sonore, acerbe,
Large, qui retentit au loin au fond des bois ;
Trois notes seulement qu'il répéta sept fois,
Puis un arpège brusque, inexhorable, rude :
La charge !
   A cet appel dont ils ont l'habitude,
Les vigoureux chevaux, sentant les éperons,
Frémirent ; puis vibra, le long des escadrons,
La voix claire des chefs. Les hommes rassemblèrent
Leurs rênes, et deux lourds régiments s'ébranlèrent.
Et ce fut un grand bruit dans le ravin profond :
Bruit de fers, de sabots. Et, pour la charge à fond
Le grand trot s'allongea sous le jeu des mollettes ;
Et la terre gémit ; et toutes les trompettes
Répétèrent le chant monotone, obstiné,
Apre comme le glas d'un sabbat forcené
Conduisant aux tombeaux des spectres et des gnomes ;
Et ce chant redisait à ce tourbillon d'hommes
Qui, dans un flot de poudre, aussitôt disparut,
Que pour sauver l'honneur, il fallait qu'il mourût !

. . . .

. . . .

Regardez-les ! Pour vaincre une race haïe
Et pour en délivrer la Patrie envahie,

Ils vont sacrifier leur sang, leurs os, leur chair
Et briser leur effort contre un rempart de fer,
Comme un vaisseau heurtant un roc dans les tempêtes !
— Mais la charge plane toujours au-dessus des têtes...
Brusquement, devant eux, un village apparaît,
Et l'arpège effrayant, ne laissant point d'arrêt,
Au train vertigineux des courses affolées,
Ils osent attaquer des maisons crénelées.
A cheval, sabre en main ! . . . .
. . . . Ainsi qu'un ouragan
De fer qui passerait au travers d'un volcan,
La trombe de héros s'engouffre dans les rues,
Écrasant des Prussiens les masses accourues.
Ils vont broyant des corps humains à chaque pas !
Et la mort les fauchant les conduit au trépas.
Elle sort à coup sûr des décharges prussiennes,
Des canons de fusils passant par les persiennes ;
Elle tombe d'en haut, des fenêtres, des toits,
De face, de côté, de derrière à la fois ;
Elle jaillit du sol, des portes et des caves,
Et c'est une pitié que de voir tous ces braves
Tomber entre ces murs, l'un sur l'autre entassés,
Ensevelis mourants dans de sanglants fossés.
Enfin, les plus heureux débouchent dans la plaine,
Combien sont-ils encore ? Peut-être une centaine !
En galopant toujours, dans le poudroiement d'or
Du soleil éclatant, ils découvrent encor
De nouveaux régiments et des masses profondes

D'Allemands aux pas lourds, aux larges faces blondes,
Couvrant à l'infini les champs et les chemins.
Ils les chargent encore, effrayants, surhumains.
Et comme des épis, la mitraille les fauche !

.   .   .   .

.   .   .   .

Huit cents hussards prussiens, qui formaient l'aile gauche,
Étaient au coin d'un bois, vrai poste de forbans,
Propice aux lâchetés, au meurtre, au guet-apens.
En voyant des hussards, nos amis font ce rêve
Qu'on va les recevoir enfin avec le glaive ;
Ils s'élancent !... Mais non ! se tenant à l'affût,
Les reîtres allemands, si facile que fût
L'entier écrasement des Français sous le nombre,
Épaulent lentement avec un calme sombre
Leurs huit cents mousquetons, et laissent approcher,
Comme un flot bouillonnant poussé vers un rocher,
Ces chevaux essoufflés, ces preux couverts de gloire,
Volant au ras du sol comme une masse noire
Dans un léger nuage où brillent des éclairs.
Puis un crépitement retentit dans les airs
Et la forêt, les champs, les cuirassiers, l'armée
Disparaissent derrière un rideau de fumée
Qui, petit à petit se déchire, s'étend
Et monte en flocons bleus vers le ciel éclatant.
Alors, on ne voit plus que des amas fantasques,
Informes, de chevaux, de cuirasses, de casques,
De troncs sans bras, roulant sur des têtes sans corps,

De sabots battant l'air..., puis... plus rien .   .   .   .   .
.   .   .   . Tous sont morts !
Mais c'est au dernier rang de l'armée allemande
Qu'ils sont venus tomber, tant leur ardeur fut grande,
Tant ils ont méprisé le Dreyse et le canon,
Bien loin de Reichshoffen qui leur donna son nom.
Depuis le frais vallon ils ont franchi des lieues.
Les yeux qui les suivaient jusqu'aux profondeurs bleues
De l'horizon, depuis longtemps les ont perdus...
Et, sur ce long parcours, les morts sont étendus !
Ils reposent enfin ! .   .   .   .
.   .   .   .   .   . Longtemps plus rien ne bouge.
Mais, sur le soir, un homme à la crinière rouge,
— Celui qui le premier avait sonné l'accent
De la charge effrénée au galop frémissant, —
Blessé, perdant son sang comme par des fissures,
Quand la fraîcheur du soir tomba sur ses blessures,
Revint d'une profonde et longue pâmoison;
S'appuyant sur son coude, et, jusqu'à l'horizon,
Promenant ses regards sur ce spectacle immense
Il se dresse debout, seul dans le grand silence,
Il observe longtemps : les Prussiens sont passés ;
Par le soleil couchant, doucement caressé,
Il ne voit que des morts, ses bons compagnons d'armes
Qu'il voudrait réveiller, et, refoulant ses larmes,
Il embouche son cuivre et souffle à pleins poumons
Vers les échos lointains des forêts et des monts ;
Et dans le vent du soir, dans le ciel calme et large,

Sonne le ralliement comme il sonna la charge.
Il est pâle, mourant, mais il souffle si fort
Que les veines du front se gonflent sous l'effort
Et que le sang jaillit de chaque plaie ouverte,
Puis il tombe épuisé comme une masse inerte.
Hélas ! quelques blessés, au son du ralliement,
Reconnaissant de loin la voix du régiment,
Pour secouer la mort font un effort suprême,
Mais leur tête retombe, ensanglantée et blême !

. . . .

. . . .

O nobles cuirassiers, dignes des grands aïeux,
Quand je redis vos morts, des pleurs brûlent mes yeux,
Car vous aviez vingt ans et la vie était douce,
Et l'on vous eût aimés, et pour vous dans la mousse
Les filles du village auraient cueilli des fleurs ;
Mais à leur doux sourire, au battement des cœurs,
Au bonheur d'être aimés, aux fleurs de la prairie,
Vous avez préféré l'honneur de la Patrie.
Et pour l'avoir voulu, vous, jeunes, grands et beaux,
Vous êtes à jamais glacés dans vos tombeaux !

. . . .

. . . .

. . . .

. . . .

O vous qui les pleurez ; vous, malheureuses mères,
Vous, leurs pères ! — Vieillards dont les larmes amères
Pendant de longues nuits ont dévoré les yeux, —
Vous qui levez le front lorsque l'on parle d'eux,

Vous pouvez être fiers de ces tombes ouvertes.
Prenez des lauriers d'or, prenez des palmes vertes,
Vers ces tertres aimés portez vos pas tremblants;
Vous leur devez l'orgueil de vos purs cheveux blancs !...

. . . .
. . . .
. . . .
. . . .
. . . .
. . . .

On dit que maintenant, le six août, chaque année,
— Cette date exaltant leur fureur obstinée, —
Ils se lèvent soudain, lorsque la nuit descend
Sur ces mornes terrains abreuvés de leur sang,
Et sortent des tombeaux au milieu des ténèbres.
Leurs cuirasses flottant autour de leurs vertèbres,
Ils s'en vont réveiller les spectres ennemis,
De l'éternel sommeil dont ils sont endormis.
Alors s'engage, au son des lugubres trompettes,
Une lutte acharnée entre tous ces squelettes,
Avec un cliquetis d'ossements, et ce bruit
Effraie au loin les chiens qui hurlent dans la nuit.
Les têtes sont encor de leurs casques ornées,
Mais la chair est détruite, et les mains décharnées
Font reluire dans l'ombre et tournoyer dans l'air
De vieux sabres rouillés et des tronçons de fer.
Et puisque nous, vivants, nous n'avons pas l'audace
De laver nos affronts en délivrant l'Alsace,
Eux, sortant de leur tombe, ils se chargent encor
De sauver notre gloire et de venger leur mort !

A NOS BRAVES AU TONKIN

Des beaux jours du passé dont la France glorieuse
A retracé l'histoire à tous ses défenseurs,
Nous avons aujourd'hui la mémoire heureuse
Des illustres guerriers morts au champ d'honneur.

Ils ont versé leur sang pour la Mère-Patrie !
Peut-on les oublier, ces frères généreux ?
Ils ont, sans hésiter, sacrifié leur vie
Pour laisser à la France encor des jours heureux !

De ces héros lointains jusqu'au vaillant Courbet,
La liste des braves serait longue à remplir ;
Mais de leur chère France ils ont tous le regret,
Car ils ont su pour elle : travailler et mourir !

LE DRAPEAU D'ABOUKIR

A mon Régiment

I

Régiment de Titans, o toi soixante-neuf !
Le vingt-quatre juillet de *quatre-vingt-dix-neuf*
Grava sur ton drapeau l'impérissable histoire
Du combat d'Aboukir : titanique victoire.
Que d'autres régiments du nôtre soient jaloux,
Car le soixante-neuf est le premier de tous ;
Des héros d'Aboukir, de leur gloire il hérite :
Soixante-neuf, debout ! et montre ton mérite.

Refrain

Oui, chantons d'Aboukir le combat glorieux,
Abritant sous ses plis tous nos vaillants aïeux ;
Le drapeau d'Aboukir, drapeau de la victoire,
Est de son régiment l'impérissable gloire.

II

Troué, brûlé, froissé, ce glorieux lambeau
N'en est pas moins, soldats, un sublime drapeau !
Fêtons en le voyant, cet étendard unique,
La grandeur de la France et de la République !
« Les janissaires u rc s retranchés fortement,
« Quand Aboukir céda sous le bombardement,
« Ne purent résister (ils étaient dix-huit mille),
« A nos braves soldats au nombre de six mille.

III

« Ordonnant le combat d'une tonnante voix,
« Bonaparte, vainqueur une nouvelle fois,
« Pénétra le premier dans ce petit village
« Et fit des assiégés un immense carnage.
« Les cadavres alors formèrent des îlots,
« Et le sang des vaincus rendit rouges les flots
« De la rade fatale où fut un jour détruite
« Notre flotte, aimant mieux le trépas que la fuite. »

IV

Cet étendard vainqueur qui guida le combat,
Ce drapeau d'Aboukir, c'est le vôtre, soldat !
En passant devant lui, le jour de la revue,
Regardez-le bien tous, tressaillez à sa vue.
« O soixante-neuvième, en cet heureux moment,
« Soyez fiers du drapeau de votre régiment ;
« Jurez de le défendre en donnant votre vie
« Pour la gloire et l'honneur de la chère Patrie ! »

Août 1889.

PRO PATRIA !

. . . .

Lève ton front sanglant et montre ta blessure,
Mère, nous sommes prêts pour de nouveaux combats;
Lance un dernier appel, avec une voix sûre,
A ton Dieu dans le ciel, à ton peuple ici-bas.
Sois fière des enfants de tes entrailles;
Tous ont la flamme au cœur et feront leur devoir.
Tu peux garder, ô France, un invincible espoir.
Frappe d'un pied certain cette terre héroïque,
Des soldats en sont nés ! Vois-les tous accourir
Sous les chênes bretons, sous les palmiers d'Afrique,
Tous ayant fait serment de vaincre ou de mourir.
Les vieux pères qui maudissent leur âge,
Donnant leur dernier souffle aux efforts belliqueux,
Porteront les brancards sur le champ du carnage,
Pour ramasser leurs fils ou tomber avec eux.

. . . .
. . . .
. . . .
. . . .
. . . .

Ah ! que d'humble courage et de vertu secrète :
Un muet sacrifice se fera en tout lieu...
Femmes, ne pleurez pas ! la palme est toute prête :
Ces hommes sont martyrs, s'il est un juste Dieu.
Croyons à la vertu du noble sang qui coule,
Au pouvoir de ces vœux poussés avec ardeur ;
Ces victimes de choix qui se donnent en foule,
Ainsi que ton salut, assure ta grandeur.
Tu resteras la France et la tête du monde,
Le vrai peuple choisi pour montrer le chemin,
Le peuple fraternel en qui l'amour abonde,
Ouvrant à tous son cœur et sa loyale main,
Combats loyalement les armes déloyales,
Les sauvages pillards au cœur sordide et froid,
Et montre aux nations, tes jalouses rivales,
Où sont les vrais soutiens de l'honneur et du droit.

. . . .
. . . .
. . . .
. . . .
. . . .

Certains jours tu as vu tes villes embrasées
Et tes plus nobles fils égorgés dans tes bras ;
Quand tu t'affaisserais sur tes armes brisées
N'abdique pas l'espoir !... tu te relèveras...
Tu vaincras ! Dieu te garde une ère magnifique ;
Mon indomptable foi me l'a su découvrir.
L'amour qu'on a pour toi donne un cœur prophétique...
Va, je le sentirais si tu devais mourir.

Je ne suis qu'un enfant inhabile aux batailles,
Mais ton nom prononcé m'enivre et me rend fort ;
Ta grande âme palpite au fond de mes entrailles ;
J'ai vécu de ta gloire et mourrai de ta mort.
Je vois ton pied, posé sur la bête cruelle,
Écraser d'un seul coup monstres et scélérats...
J'en jure par le Dieu qui t'a faite immortelle,
Ne désespère point, ma mère, tu vaincras !
C'est le vœu de mon cœur, et, crois-le fermement :
A toi jusqu'au dernier du dernier régiment !

TABLE DES MATIÈRES

POÉSIES

CEST LE FONDS QVI MANQVE LE MOINS
F.C